夢と現と１

バーミヤーンの歌

森本　晋　著

遠景の山膚白しその形写しとりつつ飽かず眺むる

涼風は我の描ける大振りなバラのこの花揺らしつつ来る

大輪の緋色のバラに寄る蝶は姿いささか大柄に見ゆ

圏谷の山膚に沿い雪残る谷の緑を育める雪

あなかしこ大仏壁を眺むには恥ずべき己と我が心知る

これほどの景色に囲まる贅沢にありてもなぜか部屋にこもれる

日の向きの変われば尾根筋谷筋の見え方しだいに変わり給えり

背にあびる北風この風北方の仏の山より吹き来たる風

この風か日射しか景色か望郷か何が私を涙ぐませる

夏の色深い緑の谷の底巡る山にも草少しあり

昼下がり日射し鋭し千望の眺め楽しむ我に射し来る

日は白くまばゆいままで沈めれば山の姿も赤くはならず

二匹舞い飛び揺れ揚がるモンシロチョウ　ジャガイモ畑の上遠く見る

アカタテハ風にあらがいしがみつくセイヨウカラシナ動く黄の花

カラシナの姿写すと思えども風に花揺れ写す能わず

紫の花つける草葉の多くロバに食われて茎のみが立つ

赤い崖黄色い丘のかなたには白い稜線水色の空

ゆれてきたジャガイモ葉波東より風が到達体押される

星々の重さ感じるこの夜空もう少しだけ眺めていよう

清々し無風無雲の朝迎え谷の煙は行方定めず

太陽は平行光線投げ来れば影の大きさ雲の大きさ

そこはただ石ころのみが散らばると思いながらも丘登りたし

静やかに朝になりたる水曜日ことしの調査今日が開始日

陽は白くわずかの雲が散る空を離れて谷へ沈み行くなり

五時前にバーバー山脈高峰はすでに朝日を受けてバラ色

再生の日を待ち立てどなかなかに昇り来たらずまばゆし山の端

カレーズの音は止むなしポプラ葉は小さくゆるゆるひるがえりけり

青麦は穂をまっすぐに伸ばしたり畝間に見える赤服農婦

菜の花の小さきがごと道の辺のほこりの中に花をつけいる

高地故かほこりの故か胸に少し痛み感じて歩みゆるめる

砲声は訓練用と知りつつも楽しき音にはとても聞こえず

刈り草を屋根の上へと投げ上げる届かず落ちるものもありたり

落ちつけばわずかの風を感じたり天空蒼穹へだつものなし

風うれし爪先で蹴る薬莢と対比鋭く心騒げり

うれしきはやはり木陰と思いたり歩みてとどまりまた歩み出す

ルリシジミ花も青きが咲きいたりカレーズ分流ながれのそばに

木陰より出でがたかりき真昼日の仰ぐも苦しき高さにあれば

山極の昼の名残りのその上に細き月ありさらに金星

昼食のカバブ食べ果つ皿に置く串に少しの乱れ見つける

さわやかに夕風涼風谷昇る影と沈める石窟の壁

心地良き風には罪はなけれども地雷の谷より吹き出で来たる

山の端は白か赤かオレンジか燃ゆる空負い夜に向かえり

切れ切れの夢の記憶がよみがえり荷を造る身の心を乱す

右頬を耳を額を焼く強き夏至近き日のここの太陽

日の沈む山の稜線朝見れば優しく延びる柔らかな尾根

朝の崖夕方の崖夜の崖昼間の崖とそれぞれの顔

あきらめて単純な線引き描く崖石窟も谷の木立も

草ありて白き小花をつけたれど景色総体月の砂漠ぞ

夕暮れはいつも美し崖面のすべてには日の当たらぬところ

麦畑菜の花はえるか菜畑に麦のはえるか中を進めり

雪渓の山の連なり突然に断ち切るがごと石窟の崖

緑あれば水のあるらし水あれば緑生うなり乾燥の土地

片雲の影は草なき山に落つフォラディー谷の調査続けり

カレーズの水音鳥のさえずりとわずかの人声　音それに尽く

暑きなか帽子をとりてかたわらのカメラにかぶす今小休止

新しき墓多かるは悲しけれ水なき丘の先に広がる

ダウティーの村の半ばに陽の当たり半ばはすでに夕影の中

紫に黄色に白に花咲ける草々とりて牧草とする

二三十ポプラの列が風に鳴る風は谷から登り来るなり

眼の前の仏の崖と見る我とへだてる谷に満ち満ちる風

泥レンガ積みしアーチの小窓より見通す谷の薄き青空

昼食の後にテラスで茶を飲めば風吹き初むる快晴の谷

雪残す高みの山と中景の柔らかき山あかず眺める

単色の濃淡のみで描きたる仏の姿残る石窟

はかなげな緋色の雲は次々と色失いて夜訪れる

石窟の座仏の台座に腰かけて観察しつつ瞑想しつつ

北寄りの風今谷に戻り来て雲払いつつ日は沈み行く

十八時五十五分三十秒太陽の縁山に達せり

全身に風浴びながら左頬西に傾く日の熱を受く

美しき姿の鳥はキイキイと美しからぬ鳴き声で鳴く

あな寂し日ごと離れる明星と月の間に増える空間

月齢は五日ばかりか地球照にがき緑茶を飲みながら見る

群れ続く木の無き山のかたまりが縁どる世界の果てを成す線

黄色味の強い桃の実大きめの皮を手でむきひとつほおばる

シャーフォラディー王という名の尖峰に見守られつつ日々の作業す

順番に影となり行く山襞を我が心象の風景と見る

丈そろうポプラ木立の影伸びてじゃがいも畑に横縞文様

テクトニス地殻のしわのごくわずかそれだけでさえかくも雄大

流れ来て流れ去り行く風の中　時も同じく来たりては去る

昨日見て今日も眺める日没の位置はわずかに左へ動く

日が沈むちょうどその頃真南に半月居ます天の営み

描き出す言葉も知らずデジカメもしまいてこの眼で日没を見る

沈む日の最後の光眼にとめる今日で連続三日目となる

晴れ日射し高地乾燥風ほこり岩山石窟同じ一日

光条は沈む陽より出で天頂を越えて東の地平に及ぶ

黒雲と黒雲の間の細雲がひとり短い夕焼けをする

岩壁をかすめて照らす横朝日大仏窟の影いや深し

凶兆と瑞祥共に現れる天のしるしは解き難かりき

薄赤き山岩肌の仏洞を朝日の内に今日も見るなり

フォラディーの谷は小さくはいり込む見上ぐる先に白雲の浮く

雲の影山の上にぞ斑なすわずかのほかは陽射しの中に

せせらぎや風にそよげる白樺の音のかそけきうましこの地ぞ

見学の内庭の隅より大仏龕上部の見ゆるひびの悲しも

砂山のごとき崖なり流水の垂れたる跡の大小あまた

ここに生まれ形作られ忘れられ壊されさらに壊れ行くなる

この地では空は青かれ雲白く風は常にぞさわやかなれや

大仏の体の脇をツバメ飛ぶ上の様子を我に伝えよ

お姿は失われしも御仏よあなたは今もここにおわせり

いにしへに人の成したる工作の跡守ること人知越えたり

御仏の体砕かれころげ落ち割れて今にぞ土になるなり

うす赤き岩砂の崖のその果てにいやまし青き空ぞ眼に染む

畑々の隅々にまで不足なく水を給するカレーズの妙

何ということなく四十八となるひとり占めする谷の展望

公共の電気電話はなけれどもインターネットカフェは満席

存外に難しきものヒマワリの花の形を描き写すこと

じゃが芋の収穫する人いく人かひと区画だけ動き見せたり

両眼の端と端とに仏龕を捉えて眺む丘の上より

チャイサブズにがみ楽しみそよ風に吹かれ見渡すバーミヤーン谷

昼過ぎてややあざやかな色見せる遺跡の崖をまた眺めやる

静やかに日は始まりぬバーミヤーン草に伸ぶ影我の立つ影

咳止めの薬を崖前じゃがいもの畑の端で飲む午前九時

一片の雲さえ忘れ空と地の二つ世界の境目あらわ

蕪畑大も中も小もありとりどり伸びる葉の面白さ

気がつけば崖面半ば陰となる崖自らの影に覆わる

崖上の縁の雨裂の襞々の形あらわになる西日受け

仏龕に正午の光射し入りて縁取る影の形慕わし

崖眺め紅茶飲みつつ風吹かれ本拾い読む午後の贅沢

茶灰白青へと続ける階層の行きて行きつくことは可能や

ストゥーパの石の崩れに今日もまた衣を敷きて干す人のあり

発想は智恵なき者には訪れず座りてあたり眺めおるのみ

十三度厳しき声でいななけるロバの叫びを間近にて聞く

片雲は北も東もなくなりて西のみわずか残る夕暮れ

ひと木立枝のいくつか葉の少し黄色に変わるこれらポプラ木

今日もまた昼と夜との境なす影線通る東大仏

きのうとは違う畑にじゃがいもの白き袋の立ち並ぶ見ゆ

立ち止まり歩きまわりて立ち止まる仕事現場も生きて来し日も

この先の砂塵に霞むフォラディーの谷より秋は迫り来るのか

重ね乗す頭上たらいの銀色が光りて人の歩けるを知る

ちぎれ雲今日は多かり風もやや強く吹き来る谷は今昼

飲み眺め眺めては飲むややぬるき紅茶楽しむこの昼下がり

谷は影山も斑に影の中初めて見せる雲の広がり

民諭すために地上近くまで降りて崖にぞおわす仏よ

天空の三分の一に届くほど後光延び射し日の昇り来る

ふと見れば現場南方稜線の柔らかき尾根横朝日受く

フォラディーの谷の出口の西角の山の姿を描き写さむ

創作か既存か知らず労働の歌うたいつつ掘る人夫あり

空乱れ雲と砂塵の混じり合い見渡す景色埋めつくし果つ

黄葉の進み具合は日をおきて眺めてぞこそ明らかなるや

あの山に行きたし三角末端面美し見せるほらあの山に

実の高さ四センチ半小ぶりなる黄色りんごをもらい食せり

目を閉じてあければそのたびわずかずつ形変ゆべしちぎれ雲浮く

金曜日休みの日なれば学校へ通う子たちの列今日は見ず

拾い来た平石ふたつを並べ置き我座るとて場所を整う

羊山羊十数頭に一頭の黒牛まじる群が来たれり

朝方の冷気の中では好ましき日光は今こめかみを焼く

掘り上げし土の置き場に登れるは楽しみなるや心子供に

チャダリーの青はこの地の空の青石窟崖の上方の色

カチャルーを畑の隅で蒸し焼きにして皆で食ぶ現場休憩

金曜の空気は澄めり自動車の走れる数の少なきが故

雲はなく空気澄みたる夕暮れにまばゆいままで沈む太陽

秋深み夜空美し銀河立ち名知る星座も知らぬ星らも

真北にはポプラが二本生ふるなりやや背は低く若い木ならむ

子羊は草のみならず黄ばみたるポプラ落ち葉もうまそうに食う

測量の機材立てたるすぐ脇に不発銃弾落ちる現実

自らの体と同じものくわえ六足戦車蟻進み行く

ヤギヒツジ何語を話すかまじり群れ草食みながらつどい合いたり

この景色きわだたせるため現れてわずかに適度にちぎれ雲浮く

次々に石窟影に沈めつつ雲は来たりぬ嵐間近し

砂運ぶ風は冷たく激しけれ耳目がしらも砂にまみれし

砂嵐吹きし翌日何事もなかったような青空を見る

UN

深まれる底をやぶりて冬来たるとでも言うのか秋の日々過ぐ

わずかなる荷おろし作業を手伝えば高地にあるを感ずる息切れ

はるけくも運び来たりし荷を見れば異郷にあるを忘る感慨

中天に五日ばかりの月ありて暮れ行く空に雲ひとつなし

日記書く手許の明るさ急速に衰え行ける今日の夕暮れ

始まりは同じに見えし朝なれど今日は嵐の気配生まれず

ポプラ木は夕陽の中に細やかにゆれる葉見せて黄に染まり初む

尾が長く黒地に白の筋入る美しき鳥二羽が飛びたり

演習の銃声やめば本当の静けさ来たりうましこの谷

小谷を登らばそのまま宇宙へと歩み行く可し天上の紺

尾根の上わずかに浮かぶ白雲は月に寄り添う景色なりけり

青空に青みおびたる半月の浮かべるを見て心なごめり

聖者廟鎮守の木立高ければ風に鳴る葉の数も多かり

太陽はただまっすぐにこの我に光投げ来る空気清らか

形にはあいまいさなどないこの地乱せるものは砂ぼこりのみ

蒼天にただひとかけの雲もなし風なき谷の秋の日の朝

相対す崖に向いて言葉なく黙し見渡すこの昼下がり

寝ころべば真天頂にベガありて三番星として輝きぬ

そそり立つ茶色の岩の壁なれば青さひとしお山極の空

風涼し壁画洞窟清掃のほこり運びて流れ去るなり

探さねば動くものなしゆったりと時の流れる仏龕の前

例えれば空気切り裂く刃物かやロバのいななき急に起これり

ひと群の木々がありせば数本の枝は黄色に色変わり初む

尋ね来ることすらかたしこの地でも日々を過ごせばふるさととなるや

靴ズボン靴下帽子首タオル両の手顔も土ぼこり浴ぶ

白雲のちぎれしかけらふたつみつ顔をのぞかす崖上の空

吹き抜ける風を伴とし片雲の数は増えたり午後の谷筋

崖中の上の方なる石窟に登り働く人仰ぎ見る

積雲の影ゆるゆると遠山の草なき肌を動き行きにき

気がつけば風は果てたり捨つ石の音は意外に響き伝わる

ひと巡りふたつ巡りと上空を見まわす部分で様々な青

わが脇を音たて流るこの水が下の畑をすべてうるおす

ポプラ葉のささめく影の地に落ちて午後の終わりの畑仕事見ゆ

カーテンを持ち上げ見ればいきいきといのちを受けて色変わる空

日の出なり地平の山で半分の太陽すでに光強かり

こわされし座仏の上をゆっくりと黒い鳥二羽また飛び行けり

常にかやつがえる鳥は軽み帯ぶ声で鳴きつつゆるやかに飛ぶ

無きことを証明するは難ければ人踏みし跡調べ歩める

書き物をする我に寄る男あり片足のみで日向に立てり

安全や健康の珠砕かれば我が精神はいかに耐ゆるや

絵を描く暇あることは罪なるか岩壁前で憩う我なり

風の谷バーミヤーンを黄に染めるポプラ色づき半ば間近し

たちまちに砂の流れて立ち昇り谷半分の幅で流れる

水運ぶロバの時折通りたる村なかの道探査しにけり

目を閉じて開けても変わらぬこの世界広がりたるは良きことなるか

この谷の奥見たけれど地雷まだあるとし聞けば踏み出しかねつ

われここで幾百年もこの崖を眺めてさらに眺め行くかも

谷の中に日のあたりたる所なし煙りしままに夜へつながる

明らかにきのうまでより今日さらに黄色葉増えし大木立かな

夕方の雲の下より日の射して東大仏当たる残照

窓ぎわに皆腹見せて落ちる蠅中には足をうごかすもあり

フォラディーの谷底縁なすポプラ木は並びて黄色に色付きにけり

大あくびすればほこりののどに入る空も空気も澄みてはあれど

聖者廟色づきし木々の数増えてこの地暮らしもひと月近し

聳え立つこの木ぞゆかし聖廟の緑に黄色に色はとりどり

緋の服に緑スカーフ首飾り白き少女も畑仕事なす

舞い落ちる葉を空中でつかまんと競いて跳べる子らも風浴ぶ

白石の示す道すじ天国へ続く道かや元地雷原

朧月なせし雲らはいずくにか日の出の頃は全き青空

背に乗せる人と変わらぬ体躯してロバは誠によく働けり

つきまとう子ら追い払い仕事する我が子と同じ年ごろの子を
怨ずるがごとくにロバはいななけり他に比ぶるもののなき声
この谷もやがて葉のない枝々が空指し伸びる様になるらん
バーミヤーン火星の横に月おぼろ風は激しさ失いたるか
人の世も仏の崖も越え行けばはるかかなたに次の階梯
山襞の縞なす影のうるわしき朝の光を斜めに受けて
この青は恐ろしき色雲果てて風も瀕死のこの谷の上
ここにもかつがいで飛べる黒い鳥崖近く見ゆフォラディーの谷
有明の月落ちぬれば青空にアクセントなすなにものもなし
岩龍の背は割れ角伸び水が湧く不思議の尾根で過ごすひととき

山極の空を明るみ月生まる時せまれるを眺め待ちたる

生まれ出で尾根の上なる群雲を離れて清し十六夜の月

朝遅し支谷の奥にも朝煙消え残るあり人の住むらし

鶏鳴と石捨てる音子らの声数え上げらるほどの音のみ

ストゥーパを成せる石材岩石種さまざまありて色もとりどり

衣干す人ふたりいてストゥーパの石積の上に広げつつあり

雪肌を白水色の陰となし日は射し来たる山の方より

天界に近きこの地であればこそ大気光象我に現わる

時々に適した雲で光成す小日このたびは強く現わる

石窟の穴漏る光壁当たり丸い光の印作れり

フォラディーの谷の奥には雪降るか峰にからまる雲は増しつつ

古木なり樹齢はさほどなかれども生きて来し様姿に示す

雪白く大仏壁の前被う美しくあり厳しくもあり

窓霜は我が宿の部屋訪れぬ寒さ厳しきこの地のあかし

窓霜は海藻思わすフラクタル絵に描き難き形を示す

昼下がり牛山羊ロバに犬と鳥静かな谷に陽の暖かさ

この鳥は色も形も飛び方も美しきかな名は知らねども

この丘は今も地雷があると云う色淡き岩シャフリゴルゴラ

寒風にあたる手指はあかぎれて物書くたびに痛み覚える

冬なれば影長く伸ぶポプラ木の列が成したる縞雪に落つ

石窟壁切れ目の谷の扇状地黒い羊の群れが動けり

凶兆の幻日吉兆彩雲と同時に見える空の不思議さ

幻日環光る白色白雲の中にありてもさらに美し

背に感ず薪ストーブの暖かさ居眠りさそうこの心地よさ

ようやくに滞在半ばとなる今日はレンズ雲たち空に浮かべる

ゆるやかに時を過ごせる今日の午後ストーブの熱体に受けつつ

柿のあり五つで二十アフガニー四角く小ぶりで甘みおだやか

水電気暖房のない寝室も慣れてしまえばそれだけのこと

室内の結露がたれてつらら成す面白がりて写真に写す

食堂でアールグレイを飲みながら原稿を書く我が歌どもも

軒先のたらいに入れて無造作に岩塩を売る店訪れる

午後の時を過ごすひと日は今日までかいつくしみつつ書き物をする

仏龕ゆさらに多くの階梯を経て天空に至れるを見る

御仏の頭の上になお遠く天上界へ続く道のり

電気つき湯水も得られストーブもなんと便利な今宵なるかな

ストーブの前に座りて顔火照るぜいたくな時すごしていたり

わた雲の斑の影が仏龕の背後に続く山に落ちいる

味わいのある茶色なす山々に雪は残れり雲影まだら

輸送機は山ひだに沿いようやくに重い体を持ち上げて行く

２００３年から２０１０年にかけて、アフガニスタンのバーミヤーンへ遺跡保護のための調査に訪れる機会が７回ありました。この特別の地で過ごしていると、流れ星が流れるように歌の言葉が私にやって来てくれることがありました。それらを書き留めて季節の順に並べた本を、定年退職の記念に出すことを嬉しく思います。調査の合間に撮影した写真も合わせることにしました。遺跡で語られること、戦争で語られることばかりが多いこの地にも、美しい自然や生活があることを感じていただければ幸いです。

著者略歴

1958年三重県生まれ。
京都大学、ベルギーのリエージュ大学で考古学と先史学を学ぶ。
奈良文化財研究所では、文化財に関するデータベースの構築のほか、海外調査・協力事業を担当。

夢と現と１　バーミヤーンの歌

発行日　2019年 3月 20日

著　者　森 本　晋

発行者　吉 村　始

発行所　金壽堂出版有限会社
〒639-2101　奈良県葛城市疋田 379
電話：0745-69-7590　ＦＡＸ：0745-69-7590
E-mail：book@kinjudo.com
Homepage：http://www.kinjudo.com/

印　刷　橋本印刷株式会社

ISBN 978-4-903762-22-7 C0092